On se revoit quand ?

Des mêmes auteurs à *l'école des loisirs*

Collection MOUCHE

Ma vie heureuse
Mon cœur ravi
Finalement, c'était moi la plus heureuse
Tout pour toi

Titre de l'édition originale : «Vi ses när vi ses»
(Bonnier Carlsen, Suède)
Publié en français avec l'accord de Bonnier Group Agency
Loi n° 49.956 du 16 juillet 1949 sur les publications destinées à la jeunesse : février 2018
Dépôt légal : février 2018
Imprimé en France par l'imprimerie Clerc à Saint-Amand-Montrond

ISBN 978-2-211-23477-1

Rose Lagercrantz

On se revoit quand ?

Illustrations d'Eva Eriksson

Traduit du suédois par Nils C. Ahl

Mouche
l'école des loisirs
11, rue de Sèvres, Paris 6e

Première Partie

Chapitre 1

Les vacances d'été étaient terminées. Il était temps pour Dunne de faire sa rentrée en classe de CE1.

– Tu as tellement grandi ! s'exclama sa grand-mère en l'accompagnant à l'école, le premier jour du premier trimestre.

Mais dès le deuxième jour, elle s'y était déjà habituée.

Le jour de la visite du parc de Skansen, auquel tous les élèves de CE1 devaient se rendre, Dunne eut l'impression d'avoir été toute sa vie en CE1.

À cette époque, le père de Dunne venait tout juste de rentrer de l'hôpital. Il y avait passé l'été à la suite d'un accident de la circulation.

L'une de ses jambes ne récupérerait jamais tout à fait, avait prévenu le médecin.

Mais pour Dunne, le plus important était qu'il soit de nouveau dans leur maison jaune de la rue du Houblon. Sa vie pouvait enfin redevenir heureuse.

Il y aurait des spaghettis pour le dîner.

Et une histoire à l'heure de se coucher…

… et puis aussi : « Bonne nuit, bonne nuit ! Dors bien, amore ! »

C'est comme ça que l'on dit en Italie, le pays d'où vient le papa de Dunne.

La première nuit que son papa Gianni passa à la maison, tout se déroula exactement comme Dunne l'avait rêvé. À l'exception de son air pressé quand il lui donna un troisième câlin de bonne nuit.

Il avait soudain envie de regarder du football italien à la télévision.

Et en Italie, ils sont vraiment bons au football.

Il y a trois équipes qui dominent : la Juventus, le Napoli et le Milan, et ce soir, c'était le Milan qui jouait, l'équipe favorite de papa.

C'était clair : il fallait qu'il regarde ce match ! Elle devait comprendre.

Au bout d'une heure, Dunne se releva pour lui faire encore des bisous.

Quand elle entra dans le salon, il avait coupé le son de la télévision et parlait au téléphone.

Il s'interrompit en la voyant.

– Tu ne dors pas ?

Mais juste à ce moment, l'attaquant du Milan marqua un but !

Papa était super content et Dunne le laissa avec la télévision et son téléphone.

Chapitre 2

Le matin suivant, il lui donna un panier-repas pour le déjeuner et l'accompagna jusqu'au portail.

– Salut Dunne ! Amusez-vous bien au parc ! dit-il en agitant la main.

Dunne agita le bras en retour, marchant à reculons, jusqu'au moment où elle heurta un lampadaire…

… et tomba sur les fesses !

Papa s'approcha.

– Que s'est-il passé ?

– Tout va bien, dit Dunne qui se relevait en grimaçant.

Elle était sur le point de repartir quand papa l'appela.

– Dunne… dit-il, tu n'as rien contre si Vera passe nous rendre visite après le travail ?

Il voulait parler d'une infirmière qu'il avait rencontrée à l'hôpital, cet été.

– Pourquoi ferait-elle ça ? demanda Dunne.

– Elle aimerait beaucoup nous préparer un bon repas !

– Ce n'est pas nécessaire, dit Dunne. Tu le fais très bien toi-même !

C'était vrai. Le papa de Dunne était formidable pour préparer les repas. Surtout les spaghettis.

– S'il te plaît, Dunne, la supplia-t-il, dis-moi que Vera est la bienvenue !

Dunne le regarda sans comprendre.

Puis elle se retourna et reprit son chemin.

En avant.

Sans regarder en arrière.

Chapitre 3

Quand elle arriva à l'école, tous les enfants de sa classe étaient rassemblés dans la cour de récréation. La maîtresse était en train d'expliquer les règles à observer pendant la visite du parc.

– Personne ne doit s’éloigner ni se perdre, disait-elle. Et si ça arrive…

Elle s’interrompit et regarda droit devant elle.

– Que faut-il faire si ça arrive ?

Kudden leva la main.

– Paniquer.

Mauvaise réponse.

– On retourne à l'endroit où l'on a vu la classe pour la dernière fois et on attend. Jusqu'à ce que quelqu'un vienne nous chercher.

Toute la classe hocha la tête.

– On attend même si ça dure longtemps. Il faut être patient !

Toute la classe hocha encore une fois la tête.

– En route !

Ils se levèrent et se mirent en rang pour monter dans le car.

La classe de Dunne sait très bien se mettre en rang. Aucune autre classe de CE1 ne le fait aussi bien.

Main dans la main. À pas rapides.

Le papa de Kudden allait les conduire. Il possédait sa propre société de cars.

Kudden s'assit sur le siège à côté de son père et commença à parler dans le micro.

– Soyez les bienvenus à bord, dit-il quand le bus démarra.

– Maintenant, nous quittons Solna et nous nous dirigeons vers le parc de

Skansen, poursuivit-il quand le bus s'engagea sur la grande route. Il s'agit du parc zoologique de Stockholm où l'on peut voir des ours trop mignons, des loups, et des maisons comme autrefois.

Ils étaient tous très impressionnés : Kudden était tellement professionnel.

Au début, le voyage se passa bien. Ils parlaient et ils chantaient.

Mais un peu plus tard, Jonatan eut mal au cœur.

Puis ils eurent tous mal au cœur.

Kudden leur distribua des sacs en papier au cas où ils auraient envie de vomir.

Heureusement, ils arrivèrent bientôt et tout le monde se sentit mieux.

Chapitre 4

Ils commencèrent par visiter les vieilles maisons qui venaient d'un peu partout en Suède.

Il y avait par exemple une école de l'époque où l'on ne pouvait pas s'acheter du papier et des stylos.

– Les enfants devaient écrire sur une ardoise,

raconta la guide qui était habillée comme une institutrice d'autrefois.

– Et ils effaçaient ce qu'ils avaient écrit avec une patte de lapin.

Elle leur fit passer quelques ardoises et des pattes de lapin pour qu'ils imaginent comment c'était.

– Vous vous rendez compte qu'on pose nos fesses sur les mêmes bancs que d'autres enfants, il y a plus de cent ans ! s'exclama Vickan.

– Ouais et vous pétez au même endroit ! rigola Benni.

– On ne pète pas ! cria Mickan en se levant du banc pour aller frapper Benni avec son ardoise.

– On ne pète jamais ! renchérit Vickan.

Ils se comportaient si mal que la guide finit par intervenir.

– Maintenant, concentrez-vous et imaginez comme c'était, avant, s'exclama-t-elle en brandissant son pointeur. – Quand les enfants n'étaient pas sages en ce temps-là, ils recevaient des coups de règle sur les doigts, continua-t-elle.

– Est-ce que quelqu'un veut essayer ? menaça la maîtresse.

Ils se calmèrent tout de suite.

Puis, ils allèrent voir les animaux.

D'abord les gloutons, puis les sangliers et enfin les phoques.

Ensuite, juste après avoir mangé, ils eurent droit au clou du programme : l'aquarium du musée de Skansen !

Là, ils ne virent pas que des poissons. Mais aussi des grenouilles, des araignées et des serpents.

Certains des serpents étaient enroulés sur eux-mêmes comme de grosses pelotes.

À quelques pas d'eux se tenait une gardienne avec un boa.

– Quelqu'un veut caresser mon petit ami ? demanda-t-elle.

Personne ne répondit.

Puis, soudain, un cri : « Oui, moi ! »

C'était Dunne.

La classe la regarda avec surprise.

– Je t'en prie ! dit la gardienne.

Dunne s'approcha prudemment du boa. Il était tout mince et tout sec.

– Bravo ! dit la gardienne. Est-ce que quelqu'un d'autre veut essayer ?

Personne.

– Je te proclame officiellement la plus courageuse de ta classe, dit la gardienne.

Tous hochèrent la tête, sauf Vickan et Mickan.

Plus tard, quand Dunne voulut voir les singes, elles lui barrèrent la route.

– Ne rentre pas ! dit Vickan en souriant. Tu n'as pas le droit de regarder.

– Pourquoi pas ? s'étonna Dunne.

– Parce que tu te verrais dans un miroir ! rigola Mickan.

Pourquoi avaient-elles dit ça ?

Pensaient-elles vraiment que Dunne ressemblait à un singe ? En tout cas, ce n'était vraiment pas gentil de le dire.

Dunne aimait beaucoup les singes, mais ça ne voulait pas dire qu'elle voulait leur ressembler !

Ce n'était pas gentil pour les singes non plus !

Est-ce qu'ils aimeraient ressembler à des êtres humains ? Personne ne veut ressembler à ce qu'il n'est pas.

Quand elle sentit les larmes monter, elle tourna les talons et sortit de l’aquarium.

Elle avait les yeux tout embués.

Chapitre 5

Elle courut jusqu'à presque trébucher sur une grosse oie grasse qui s'enfuit en battant des ailes.

Elle finit par ralentir et se mit à la suivre.

Dunne avait déjà été de nombreuses fois au musée de Skansen.

Tout particulièrement quand elle habitait chez sa grand-mère et son grand-père.

C'était à l'époque où sa maman venait de mourir, son papa était si malheureux qu'il ne pouvait plus s'occuper d'elle. Alors Grand-mère et Grand-père l'avaient fait à sa place.

Ils avaient fait tout ce qui était possible pour distraire Dunne et qu'elle ne soit pas malheureuse, elle aussi.

Chaque dimanche, ils étaient allés au musée de Skansen avec elle.

C'est pour cette raison que Dunne connaît tous les animaux, ici.

Mais cette oie-là, elle ne l'avait jamais rencontrée auparavant.

Elle était blanche et noire avec un peu de rouge sur le bec.

Un groupe de touristes japonais lui demanda s'ils pouvaient prendre une photo du joli couple.

Lorsqu'ils eurent fini, ils s'inclinèrent et ils remercièrent Dunne. Et ils lui donnèrent un sachet de caramels japonais.

Ensuite, l'oie s'en alla.

Soudain, Dunne se souvint : la classe !

Est-ce qu'ils sont déjà partis ? Est-ce qu'elle est déjà loin d'eux ?

Elle fit exactement comme Kudden avait dit : elle paniqua.

Mais à ce moment, elle se souvint des paroles de la maîtresse : « On retourne à l'endroit où l'on a vu la classe pour la dernière fois et on attend ! »

Chapitre 6

Dunne retourna à l'aquarium.
Mais la classe n'était plus là.
Elle ressortit et regarda autour d'elle.
Est-ce qu'ils étaient déjà tous partis ?

Le soleil brillait. C'était l'automne, mais ce jour-là, on aurait dit que l'été était revenu pour prendre chaudement congé.

Dunne s'essuya le front et se tint à l'ombre d'un arbre. De là, elle avait une bonne vue sur l'aquarium.

À partir de maintenant, il ne fallait plus céder à la panique, mais juste attendre jusqu'à ce que quelqu'un vienne la chercher. Il fallait être patient, avait dit la maîtresse. Bientôt, quelqu'un de la classe allait demander :

– Où est Dunne ?

Et la maîtresse demanderait qui l'avait vue pour la dernière fois.

Et Vickan allait lever la main pour crier :

– Moi et Mickan !

Et Mickan allait crier aussi :

– C'était quand elle voulait voir les singes et on lui a dit un truc idiot…

Vickan :

– Bien sûr, on ne faisait que plaisanter.

La maîtresse les interromprait :

– Ne parlez pas tant. Allez la chercher !

Puis, Vickan et Mickan la verraient et lui demanderaient pardon, et tout irait bien, pensait Dunne en prenant un caramel japonais.

Mais personne ne vint. Elle ne semblait manquer à personne.

Dunne prit un autre caramel et s'efforça de penser à autre chose.

À Ella Frida qui avait déménagé à Norrköping. Et tout sembla un peu plus léger à nouveau. C'était toujours ainsi quand Dunne pensait à Ella Frida.

Les caramels japonais étaient drôlement bons.

Elle en prit un troisième. Et un quatrième. Et un cinquième. Elle s'essuya encore une fois le front.

Personne ne vint, sinon quelques corbeaux qui commencèrent à se chamailler au sujet d'un morceau de saucisse que quelqu'un avait perdu.

Au bout d'une heure, une dame en colère vint dire à Dunne de nettoyer toutes les cochonneries qu'elle avait jetées par terre.

Dunne fit ce que la dame demandait.

– Mon Dieu, c'est un vrai boulot que d'être patient, grogna-t-elle en nettoyant autour d'elle.

Puis elle arriva au bout de sa patience. Et de ses caramels, aussi.

Enfin, il se passa quelque chose.

Une classe monta la colline, mais pas la sienne, une classe où les enfants piaillaient.

Je ne voudrais pas être dans cette classe, pensa Dunne en s'éloignant rapidement pour éviter la horde sauvage.

Tout derrière, cependant, elle remarqua une silhouette familière. Celle d'une fille qui ne courait pas comme les autres mais sautillait.

Deux pas et un saut ! Deux pas encore et un autre saut !

À la connaissance de Dunne, il n'y avait qu'une seule personne pour se déplacer ainsi !

Ce n'était pas… ? Non, ça ne pouvait pas être elle !

Oh, si !

Si…

SI !!!

– ELLA FRIDA ! cria Dunne.

La fille s’immobilisa. Quand elle vit Dunne, elle poussa un hurlement de joie.

Et elles se précipitèrent l’une vers l’autre !

– Que fais-tu ici ? s’écria Dunne en riant.

– Sortie de classe.

– Moi aussi !

Ella Frida afficha un air surpris.

– Qu'est-ce que tu fais toute seule, alors ?

Dunne redevint grave.

– Ils se sont éloignés. Ou plutôt moi, je devrais dire. Je me suis perdue !

– Quelle chance que tu sois tombée sur moi ! À quoi on joue ?

Ella Frida demandait toujours ça ! Dès qu'elles se voyaient !

Dunne ne savait pas quoi répondre. Elle ne s'y attendait tellement pas.

Ella Frida sautilla sur place d'impatience.

– Viens, on s'échappe !

Dunne hésita.

– Tu peux ? Tu ne penses pas que ta maîtresse va le remarquer…

– Elle ne le remarque jamais ! l'assura

Ella Frida. Personne ne remarque lorsque je quitte les rangs.

Dunne ne put s'empêcher de rire.

– Tu appelles ça être en rang deux par deux ?

Cinq garçons s'étaient roulés par terre, les uns sur les autres. Ils luttaient ensemble, presqu'aussi enchevêtrés que les serpents de l'aquarium.

Quand la maîtresse de Norrköping se précipita pour les relever, Ella Frida attrapa la main de Dunne.

– Personne ne nous regarde. Est-ce que tu es prête ?

Sans attendre la réponse, elle commença à courir.

Que devait faire Dunne ?

Suivre la meilleure amie du monde ou faire comme la maîtresse avait dit ?

Première solution, bien sûr !

Dunne oublia instantanément tous ses soucis et suivit Ella Frida.

Chapitre 7

À chaque fois que Dunne et Ella Frida se voyaient, elles cherchaient à jouer à un nouveau jeu.

Cette fois, elles se précipitèrent dans la vieille école d'autrefois et imaginèrent qu'Ella Frida était une maîtresse sévère d'autrefois et que Dunne était un enfant qui n'avait pas appris sa leçon.

– Combien font soixante-dix-huit fois quatre-vingt-neuf ? demanda la maîtresse d'autrefois.

Quand Dunne ne savait pas répondre, elle recevait des petits coups de règle sur les doigts.

Puis, elle fut envoyée au coin où elle fit semblant de pleurer.

Ça, elle le faisait très bien.

Elle pleura si fort qu'un gardien vint les trouver.

– Alors, ma petite amie, dit-il inquiet, que se passe-t-il ?

Dunne s'arrêta brusquement

– Ce n'est pas aussi grave que ça en a l'air, dit Ella Frida. Elle fait seulement semblant de pleurer.

– C'est sûr ?

Ella Frida hocha la tête et entoura d'un bras réconfortant les épaules de Dunne.

Le gardien grogna quelque chose et tourna les talons pour s'en aller. Puis il s'arrêta sur le pas de la porte.

– Vous n'auriez pas vu une petite fille qui a perdu sa classe, des fois ? demanda-t-il.

– Non, dit Ella Frida, sûre d'elle. On ne l'a point vue !

Et le gardien s'en alla.

– On est les meilleures copines ! cria Ella Frida en direction du gardien.

– Les meilleures amies au monde ! lui répondit Dunne.

Elle répétait ça souvent. Elle trouvait que ces mots-là coulaient mieux.

Elles restèrent à regarder le gardien jusqu'à ce qu'il fût loin.

Puis Ella Frida se tourna à nouveau vers Dunne.

– Tu as remarqué que j'ai dit « point » ? Ils parlaient comme ça, autrefois.

Chapitre 8

Elles avaient interrompu leur jeu, cependant, et après un petit moment, elles quittèrent la vieille école d'autrefois.

– C'était de moi qu'il parlait, soupira Dunne.

– Ce n'est pas sûr, répliqua Ella Frida. Tous les jours, des centaines d'enfants se perdent dans le parc de Skansen. Tu ne le savais pas ?

– Tous les jours ?

– Oui, ou tous les deux jours.

– Et qu'est-ce qui leur arrive, alors ?

– Ils tombent dans la fosse aux ours. Personne ne vous l'a dit ?

Dunne réfléchit.

– Non. La maîtresse nous a seulement dit que si on était perdu, il fallait attendre là où on avait vu la classe pour la dernière fois.

– C'est ce que tu as fait ?

– Oui.

– Bon, bon. Tu as eu raison, commenta Ella Frida.

– En tout cas, il faudrait que j'y retourne, maintenant, soupira Dunne.

Ella Frida n'était pas d'accord.

– D'abord, on joue encore un peu.

– À quoi ?

– La chasse au trésor. Qu'est-ce que tu en penses ?

Dunne ne répondit pas.

– Tu as entendu ce que j'ai dit ? demanda Ella Frida.

– Oui, tu as dit : la chasse au trésor. Mais…

– Mais quoi ?

– Est-ce qu'il y a un trésor à trouver, ici ?

– Pas encore. On va commencer par en enterrer un quelque part. Allez, viens !

Dunne résistait encore.

– Je ne comprends pas, protesta-t-elle. Qu'est-ce que nous allons enterrer ?

– La chose la plus précieuse que nous avons, bien sûr, expliqua Ella Frida.

– Et c'est quoi ?

– On l'a sur nous ! Cherche !

Dunne mit les mains dans ses poches et en sortit un emballage de caramel japonais.

– Non, pas un déchet, dit Ella Frida. Je voulais parler de ça !

Elle montra son collier – avec une moitié de cœur en argent en guise de pendentif.

L'autre moitié, c'était Dunne qui l'avait.

Dunne secoua la tête.

Chaque matin, elle mettait son collier et le portait jusqu'à l'heure d'aller se coucher.

– Jamais de ma vie, je ne m'en séparerai ! dit-elle.

Mais Ella Frida s'entêta :

– C'est beaucoup plus sûr de l'enterrer ! L'une d'entre nous pourrait perdre sa moitié de cœur ! Qu'en penses-tu ?

– Je ne sais pas.

– L'amitié ne dure pas toute la vie. Tu n'as jamais pensé à ça ?

Non, Dunne n'y avait jamais pensé. De fait, jamais.

Ella Frida la regarda dans les yeux.

– Tu veux vraiment prendre ce risque ? demanda-t-elle.

Dunne serra les dents et elles marchèrent en silence jusqu'à l'enclos des élans.

Là, Dunne s'arrêta pour regarder un élan qui était couché sur le sol et qui paraissait triste.

– Ça ne doit pas être drôle d'être un élan dans le parc de Skansen quand, en fait, on est le roi de la forêt, dit-elle.

Mais Ella Frida s'était déjà éloignée.

Dunne se dépêcha de la rejoindre.

– Où est-ce que l'on va ? demanda-t-elle.

– À la fosse aux ours. Si nous enterrons les colliers là-bas, les ours vont les garder pour nous !

Dunne déglutit.

– Pas pour de vrai, hein ? tenta-t-elle. On joue, n'est-ce pas ?

Mais Ella Frida sautillait déjà devant elle.

En hésitant, Dunne la suivit.

Bientôt, elles furent à la fosse aux ours mais elles n'en virent aucun. Ils devaient tous être dans leurs tanières à la recherche d'un peu de fraîcheur.

– Ils sont allés faire leur sieste, dit Ella Frida.

– On dit hiberner, pour un ours, répondit Dunne.

– Peut-être, dit Ella Frida en contemplant pensivement les rochers qui entouraient la fosse aux ours.

– Ce sera difficile à escalader, constata-t-elle finalement. Je crois qu'on va plutôt aller chez les loups, en fait.

Ni une, ni deux, elle se mit à courir. Dunne trottait derrière elle.

Mais pas de loups, non plus.

– Ils sont aussi allés faire la sieste, dit Ella Frida.

– Ça doit être l'heure du loup, lui dit Dunne. Quand on est un loup, on ne peut pas aller dormir si ce n'est pas l'heure du loup, non ?

Ella Frida ne répondit rien. Elle venait juste d'apercevoir le gardien.

– On fait comme s'il n'existait pas ! murmura-t-elle. Rapidement, elles s'éloignèrent de l'enclos des loups.

– Hé, les filles ! cria le gardien.

Elles accélérèrent.

– Allô ? cria-t-il encore une fois. Je vous parle !

Ella Frida accéléra encore, Dunne également. Mais quand elles se retournèrent, elles virent qu'il était juste sur leurs talons.

Pour le semer, elles choisirent de petits chemins. Mais ce faisant, elles s'égarèrent.

Quand elles s'arrêtèrent pour reprendre leur souffle, elles virent qu'elles se trouvaient dans une petite rue pavée, avec de vieilles maisons en bois et des boutiques d'autrefois.

On trouve ça aussi, dans le parc de Skansen, pour que l'on puisse voir de quoi avaient l'air les rues d'autrefois.

– Pourquoi est-ce que nous courons, en fait ? demanda Dunne. Le gardien est peut-être gentil ?

– On court parce que ça fait partie du jeu, expliqua Ella Frida.

Oui, bien sûr, pensa Dunne. On court presque toujours quand on joue.

Mais cette fois, ce n'était pas un jeu comme les autres.

Ella Frida entra dans le jardin de l'une des maisons.

– Viens, Dunne ! cria-t-elle. C'est l'endroit que nous cherchions !

Chapitre 9

C'était un joli petit jardin qu'Ella Frida avait trouvé.

Dans un recoin de celui-ci, il y avait un groupe de rosiers encore en fleurs.

– Là, ce sera parfait, expliqua-t-elle en ramassant un tesson de poterie qui traînait sur le sol. Avec ça, je vais pouvoir creuser.

– Qu'est-ce que je dois faire ? s'interrogea Dunne.

– Le guet. Préviens-moi si le gardien arrive.

– Mais...

– Maintenant, on fait comme je dis !

Dunne alla se poster à l'angle de la maison tandis qu'Ella Frida s'enfonçait dans le buisson de roses épineux.

Bientôt on put l'entendre grogner et pleurnicher.

– Aïe, aïe ! lâchait-elle. Ces épines vont me tuer ! Ouille, ouille, ouille !

Mais ensuite, elle se tut, s'assit et commença à creuser.

Après un moment, elle releva la tête :

– Viens voir, Dunne !

Dunne se rapprocha et examina le trou.

– Beau travail, hein ?

– Oui…

– Maintenant, on enlève nos colliers.

Ella Frida passa sa chaîne par-dessus sa tête mais Dunne hésitait encore.

– Non, murmura-t-elle. Je ne veux pas.

Ella Frida la dévisagea.

– Tu sais ce que j'ai dit.

– Oui, mais…

– Pas de mais !

À contrecœur, Dunne enleva son collier et le posa devant elle. Leurs regards se croisèrent.

Puis Ella Frida disposa les moitiés de cœur dans la terre. Elle les arrangea avec soin pour que l'on ait l'impression qu'il s'agissait d'un cœur entier.

On avait fait comme Ella Frida voulait. Bientôt, elle pourrait dire que le jeu était fini.

Mais Ella Frida ne dit rien avant d'avoir fini de reboucher le trou.

– Répète après moi, Dunne, lui demanda-t-elle. Sois en paix, cher cœur.

Dunne s'exécuta :

– Sois en paix, cher cœur, répéta-t-elle en écho.

– Désormais, rien ne nous séparera ! entonna Ella Frida.

– Désormais, rien ne nous séparera…

– Jusqu'à la mort ! continua Ella Frida.

Elles ne purent aller plus loin, des cris sauvages venus de la rue les interrompirent.

– Va voir qui c'est, Dunne !

Dunne s'élança et jeta un coup d'œil depuis l'angle de la maison.

La classe d'Ella Frida venait de pénétrer dans la rue pavée.

Ils entraient et sortaient des maisons et des cours en regardant partout.

– Qu'est-ce qui leur prend ? se demanda Ella Frida qui s'était rapprochée pour regarder, elle aussi.

Chapitre 10

Au même instant, une fille avec de longues nattes l'aperçut.

– Ici ! Elle est ici, hurla-t-elle. Je l'ai trouvée !

Ella Frida recula mais la fille aux longues nattes se précipita sur elle et la retint.

Bientôt Ella Frida fut entourée par ses camarades de classe.

Ils l'agrippaient et la poussaient en avant comme si elle était une voleuse.

Dunne était pétrifiée.

Soudain, elle vit le gardien et se précipita dans le jardin pour se cacher dans les rosiers.

Les épines se plantèrent dans sa peau et l'écorchèrent mais elle se débattit et finit par s'accroupir, parfaitement immobile. Si elle bougeait, elle serait découverte.

Bientôt, elle vit ses grosses chaussures qui se rapprochaient des buissons.

Quelques branches s'écartèrent et soudain, il était là et il la regardait.

– Est-ce que tu t'appelles Dunne ? demanda-t-il.

Dunne murmura quelque chose qui pouvait aussi bien être un oui qu'un non.

Dunne était le surnom que lui avait donné sa maman quand elle était née, parce qu'elle était si petite et si douce. Mais en vrai, elle s'appelait Daniela.

– Qu'est-ce que tu dis ? demanda le gardien.

– Je m'appelle Daniela, mais on m'appelle Dunne.

– Ah ! dit le gardien en se relevant. C'est toi que je cherche, alors ! Viens, je te ramène à ta maîtresse. À moins que tu ne préfères rester ici avec nous, dans le parc de Skansen ?

Non, Dunne ne voulait pas rester. Elle voulait rentrer à la maison et retrouver son papa.

– J'arrive, dit-elle. Il faut juste que je déterre quelque chose. Est-ce que tu peux te déplacer un peu ? Tu es au mauvais endroit.

Le gardien s'écarta et Dunne commença à creuser le sol.

Bientôt, elle tint l'un des colliers entre ses doigts et tira dessus. Puis, elle déterra le second aussi.

Elle les fourra dans sa poche.

– Tu as bientôt fini ? demanda le gardien. On est pressés.

Il lui tendit gentiment la main.

Dunne serra ses gros doigts et ils se mirent en route – lui d'un grand pas, elle avec de petites foulées rapides.

Et bientôt, ils arrivèrent devant le tapis roulant qui menait à la sortie du parc.

Chapitre 11

Personne ne vit la créature solitaire qui revint la queue entre les jambes près du buisson de roses où l'on avait enterré un trésor.

C'était Ella Frida. Sur un malentendu, elle avait réussi à échapper à la vigilance de ses gardiens. Elle se mit à quatre pattes, se glissa dans les buissons épineux et tâtonna de ses mains.

Elle tâtonna encore et encore jusqu'à se qu'elle abandonne et se relève.

– Dunne ! cria-t-elle. Où es-tu ?

Sa voix résonna de manière désolée dans le silence qui s'était levé. Elle se mit à sangloter.

– Dunne, reviens ! Notre amitié est en danger !

Mais pas de Dunne.

Celle-ci se dirigeait vers la sortie du parc où l'attendait sa maîtresse.

Chapitre 12

De loin, on pouvait déjà voir que la maîtresse était en colère.

– Où étais-tu passée ? demanda-t-elle, le regard noir.

Dunne devint toute rouge. La maîtresse n'avait jamais été en colère contre elle, auparavant.

– Je me suis perdue..., commença-t-elle.

– On en parlera plus tard, la coupa la maîtresse. Toute la classe est dans le bus et nous attend.

Elle se tourna vers le gardien :

– Je suis désolée mais c'est la plus grande peur d'un enseignant. On compte les enfants – et soudain, il y en a un qui manque ! On demande aux autres, mais personne n'est au courant de rien...

– Même pas Vickan et Mickan ? s'écria Dunne.

La maîtresse s'interrompit.

– Non, dit-elle. Est-ce qu'elles sont impliquées dans tout ça ?

Dunne ne répondit pas.

Et la maîtresse se tourna encore une fois vers le gardien.

– Un grand merci pour votre aide !

– Ce n'était vraiment pas grand-chose, répondit-il. Maintenant, dépêchez-vous !

La maîtresse prit la main de Dunne et elles coururent jusqu'à l'autocar.

– Me voici de retour avec notre brebis égarée, dit-elle, le souffle court.

Toute la classe poussa des cris de joie et applaudit. Le papa de Kudden dit :

– Formidable ! Est-ce qu'on peut y aller, maintenant ?

– Oui, allons-y, dit la maîtresse en s'asseyant. Installe-toi ici, Dunne !

Elle montra le siège vide à côté d'elle.

– Maintenant, je veux que tu me

racontes ce qui s'est passé. Est-ce que Vickan et Mickan ont quelque chose à voir là-dedans ?

Dunne se tortilla.

– Réponds-moi ! dit la maîtresse. Que s'est-il passé ? Dis-le moi simplement !

– C'était idiot, admit Dunne. Mais personne n'est venu me chercher. Sinon, je n'aurais pas rencontré Ella Frida.

– Ella Frida ? Non, voyez-vous ça… objecta la maîtresse.

Au même moment, on frappa à la porte du bus.

Le papa de Kudden qui était sur le point de partir s'interrompit et jeta un regard à la maîtresse.

– Est-ce qu'il nous manque d'autres brebis égarées ?

– Non, tout le monde est là, dit la maîtresse, mais ouvrez quand même.

La porte s'ouvrit et Ella Frida sauta dans le bus, les yeux rougis par les larmes.

Un murmure parcourut la classe.

– Il faut juste que je dise quelque chose à Dunne, commença-t-elle, la voix éraillée, en la cherchant du regard autour d'elle.

Mais quand elle croisa les regards de ses anciens camarades de classe, elle oublia un instant ce qu'elle avait sur le cœur.

– Salut Kudden ! Salut Metteborg !

Elle leva la main et leur fit un petit salut.

Puis elle se tourna vers son ancienne maîtresse :

– Je peux partir avec vous ?

– Ma petite ! s'écria la maîtresse. Nous n'allons pas dans la même direction…

Avant qu'elle n'ait pu finir sa phrase, quelqu'un d'autre fit irruption dans le bus.

C'était la maîtresse d'Ella Frida. Celle de Norrköping.

– Ella Frida ! cria-t-elle. Qu'est-ce que tu fais ici ?

Et Ella Frida répéta :

– Il faut juste que je dise quelque chose à Dunne.

– Et tu penses que c'est bien de disparaître comme ça, encore une fois ?

Ella Frida se redressa.

– Je n'ai pas disparu. Je suis là, tu vois bien !

La maîtresse de Norrköping se pinça la bouche.

– C'est la seconde fois qu'elle disparaît de ma classe aujourd'hui, se plaignit-elle. Cette gamine est folle !

– Allons, allons, elle n'est pas folle ! Juste un petit peu têtue et pleine de surprises, intervint la maîtresse de Dunne.

L'autre renifla, attrapa fermement la fugueuse et la tira en arrière.

Mais Ella Frida résistait et se cramponnait à Dunne qui s'était précipitée vers elle.

– Dunne, cria-t-elle. Notre amitié est en danger !

Mais la maîtresse de Norrköping tira encore plus fort.

– Quand est-ce qu'on se reverra ? cria Ella Frida.

– On se revoit... commença Dunne sans savoir comment terminer sa phrase.

– Vous vous verrez quand vous vous verrez, dit Kudden qui voulait aider.

La maîtresse de Norrköping souleva Ella Frida dans les airs et la porta hors

du bus, exactement comme on fait d'un vieux sapin de Noël avant de le déposer sur le trottoir.

La maîtresse de Dunne suivit la scène par la fenêtre du bus.

– Ce n'est pas bien, ça, murmura-t-elle.

Dunne regarda aussi, même si elle avait envie de fermer les yeux.

Tous regardaient par la fenêtre. Bientôt, Ella Frida disparut.

Le trajet de retour se fit dans le silence.

La maîtresse n'avait plus l'air d'être en colère contre Dunne.

– Je pensais que tu avais compris ! dit-elle. Pense toujours à tout ce qu'on peut apprendre d'un vieux singe.

– D'un singe ?

Dunne la dévisagea, ébahie.

– C'est ce qu'on dit, expliqua la maîtresse.

Dunne hocha la tête.

On dit tellement de choses qui sonnent pas juste. Mais quelque chose était sûr, cependant :

Ella Frida n'était pas heureuse. Ella Frida était malheureuse.

Et Dunne aussi.

Seconde Partie

Chapitre 13

C'est ainsi que les choses se passèrent pour Dunne lors de sa rentrée, lorsqu'elle visita le parc de Skansen avec sa classe, comme toutes les autres classes de CE1 le font.

Après le retour en bus jusqu'à l'école, Dunne rentra lentement à la maison, rue du Houblon.

Elle était fatiguée, et elle voulait juste retrouver son papa.

Pour qu'enfin ils puissent passer du temps l'un avec l'autre.

Mais il ne devait pas en être ainsi.

Dès qu'elle posa un pied à l'intérieur de leur maison jaune, elle put entendre des exclamations joyeuses qui venaient du salon. Son papa était assis dans le canapé avec Vera.

– Ciao Daniela ! s'écria-t-il.

Cela voulait dire bonsoir en italien.

Il était manifestement d'humeur italienne.

– Bonsoir Dunne ! dit Vera.

Dunne essaya de cacher sa déception.

– Est-ce qu'on peut avoir un bisou ? demanda son papa.

Dunne regarda la table de la salle à manger qui était dressée comme pour une fête, avec des verres à pied et des serviettes colorées. De la cuisine s'échappait un délicieux fumet.

– As-tu faim ? demanda Vera, pleine d'espoir.

Sans attendre sa réponse, elle se leva et alla dans la cuisine chercher leur repas.

Dunne la regarda sortir d'un air morne.

– Qu'est-ce qu'on mange ? demanda-t-elle, méfiante.

– Tu vas voir, répondit son papa.

Et presque aussitôt Vera réapparut avec un plat de poulet croustillant.

Le visage de Dunne devint lugubre.

– Qu'est-ce qu'il y a, maintenant ? demanda son papa.

– Je ne mange pas les bébés, dit Dunne.

– Les bébés ?

– Les poulets sont les bébés des poules. Tu ne le sais pas ?

– Depuis quand tu ne manges plus de poulet ?

– Depuis cet été.

Et c'était vrai.

Pendant les vacances d'été, Dunne et Ella Frida s'étaient solennellement juré de ne plus jamais manger d'animaux qui n'avaient pas eu l'occasion de grandir et de devenir adultes.

Cela se faisait sur l'île, chez la maman d'Ella Frida et Uffe, son beau-père, mais apparemment pas à la maison, chez Dunne.

– Chez nous, on mange le plat qu'on nous sert, objecta son papa.

– Mais Ella Frida et moi… essaya Dunne.

Son papa l'interrompit :

– Basta !

De l'italien, encore !

Cela voulait dire : ça suffit, maintenant ! Dunne pouvait sentir sa lèvre inférieure qui commençait à trembler.

Cela faisait longtemps qu'elle n'avait pas pleuré, mais cela se passait toujours ainsi quand les larmes montaient. Cela pouvait arriver une ou deux fois par jour. Elle déglutit pour les faire redescendre.

Au moment de passer à table, son papa lui fit remarquer qu'elle avait les mains sales. Elle devait aller les laver.

Elle se frotta chaque doigt longtemps et soigneusement, mais quand elle revint, son papa n'avait toujours pas l'air satisfait.

– Est-ce que tu as remercié Vera pour votre excursion ? demanda-t-il.

Quelques semaines plus tôt, quand son papa était encore à l'hôpital, Vera avait emmené Dunne et Ella Frida chez sa sœur qui avait des chevaux islandais.

– Merci encore, murmura Dunne.

– Tu n'as rien raconté de cette excursion, continua son papa. Est-ce que vous vous êtes amusées ?

– C'était pas si mal, malgré tout, répondit Dunne.

Le front de son papa se plissa.

– Pourquoi malgré tout ?

Dunne ne répondit pas.

La visite aux chevaux islandais avait été une catastrophe, mais ça, il ne le savait pas.

Chapitre 14

Voilà ce qu'il s'était passé :

Lisette, la sœur de Vera, n'était pas là quand elles étaient arrivées, mais ça ne faisait rien.

Vera avait l'habitude d'aller voir les chevaux et de s'en occuper, et dans les écuries, il y avait deux chevaux que Lisette avait ramenés du pré.

– Ça, c'est Teri, dit Vera en montrant une jument brune.

Puis elle leur présenta un petit cheval trapu, plus clair, avec une crinière inhabituellement longue : Lurvas.

Ella Frida ne se fit pas prier et commença à caresser les chevaux tandis que Dunne restait à une distance prudente.

– Quel cheval tu préférerais monter ? lui demanda Vera.

– Je ne sais pas ! dit Dunne. Celui-là, peut-être.

Elle montrait le petit cheval trapu.

– Lurvas ? dit Vera. Tu veux monter Lurvas ?

– Oui, car Teri a l'air… terrible ? supposa Dunne.

– Les deux sont calmes et gentils… dit Vera.

– Je prends le cheval trapu dans tous les cas, annonça Dunne. Il court peut-être moins vite.

– N'en sois pas si sûre ! dit Vera en riant. Lurvas galope vite s'il le faut.

Que voulait-elle dire ? On pouvait

deviner rien qu'à son nom que Teri était plus terrible !

Vera sella les chevaux et les mena hors de l'écurie. Là, elle aida Dunne à monter et vérifia que tout était comme il fallait avant d'aller voir Ella Frida.

Dunne regardait autour d'elle, nerveuse. Le ciel était gris et il y avait du vent. De grands nuages noirs montaient au-dessus des arbres.

Ella Frida n'avait pas besoin d'aide. Elle prenait des cours d'équitation et elle avait presqu'autant l'habitude des chevaux que des cochons d'Inde.

Avec agilité, elle monta sur sa selle, raccourcit les étriers et saisit les rênes, attendant avec impatience de s'élancer dans la carrière.

– Bravo Ella Frida, s'écria Vera. On te suit avec Lurvas.

Elle prit les rênes de ce dernier.

– Je commence par te guider. Attention à ton assiette, Dunne !

Dunne se redressa.

Tant que Vera conduisit Lurvas tout autour de la grande piste en plein air, tout alla pour le mieux.

Après un petit moment, Vera dit :

– Maintenant, je vais le lâcher et me placer au milieu de la carrière. Est-ce que ça ira ?

– Oui, dit Dunne. Oui, je crois.

Mais à peine Vera s'était-elle éloignée que Lurvas s'immobilisa et commença à manger une touffe d'herbe. Il avait vraiment faim.

– Ne t'arrête pas ! cria Vera. Utilise tes jambes, Dunne !

Dunne savait ce que ça voulait dire d'utiliser ses jambes. Car Ella Frida lui avait appris : on frappe les flancs du cheval avec ses talons, et alors, le cheval sait qu'il doit se remettre en route.

Dunne frappa prudemment avec ses talons mais Lurvas ne bougea pas d'un centimètre.

– Mieux que ça ! cria Vera.

Dunne tapa plus fort. Rien ne changea sinon que Lurvas commença à manger une autre touffe d'herbe.

Vera revint vers elle en courant.

– Est-ce qu'il a mangé, aujourd'hui ? demanda Dunne.

– Oui, il a mangé, dit Vera. Allez, Lurvas ! Maintenant !

Lurvas releva la tête et la dévisagea. Néanmoins, il se mit lentement en mouvement.

Et ils firent le tour de la carrière encore une fois.

Virage après virage.

Loin devant, Teri avançait à petit pas.

De temps en temps, Ella Frida se retournait pour agiter joyeusement la main en direction de Dunne.

Dunne, cependant, pouvait sentir l'anxiété qui grandissait en elle.

Soudain, Lurvas s'arrêta encore une fois.

Cette fois, Vera ne remarqua rien. Elle était repartie se placer au centre de la carrière et s'était retournée vers Ella Frida qui était fatiguée d'aller au pas et commençait à trotter.

Dunne, qui pensait que c'était agréable de ne pas bouger, regarda le vent autour d'elle.

C'est alors que cela se produisit.

Il y eut comme un bruissement derrière elle et un sac poubelle noir surgit, emporté par le vent.

Lurvas releva la tête et mit ses oreilles en arrière.

Puis tout alla à la vitesse de l'éclair ! Lurvas se cabra et commença à courir.

Les chevaux peuvent avoir très peur de quelque chose qui les surprend, même d'un simple sac poubelle vide.

Terrifiée, Dunne se cramponna à sa selle.

– Tire sur les rênes, Dunne ! cria Ella Frida.

Mais Dunne avait déjà lâché les rênes. Et elle n'avait plus qu'un seul étrier.

Elle réussit néanmoins à s'accrocher à la crinière de Lurvas jusqu'à ce que celui-ci s'arrête brusquement et se mette à ruer.

Alors, elle s'envola…

… et atterrit durement sur le sol.

Et elle resta immobile, les yeux fermés.

Vera fut tout de suite près d'elle.

– Dunne, dit Vera en se mettant à genoux près d'elle. Est-ce que tu m'entends ?

Dunne ne répondit pas.

Ella Frida arrêta son cheval, sauta au sol et courut vers elles.

– Dunne s'est brisé la nuque ! dit-elle, essoufflée.

– Non, non, dit Vera. Mais elle s'est évanouie.

– Au secours ! cria Ella Frida. Réveille-toi, Dunne !

Juste à ce moment-là, Dunne ouvrit un œil et essaya de se relever mais Vera l'en empêcha.

– Ne bouge pas !

– Tu as fait un saut périlleux dans l'air, lui expliqua Ella Frida.

Dunne regarda Ella Frida en souriant faiblement.

– J'ai fait ça ?

– Oui, tu as fait ça ! dit Ella Frida.

– Est-ce que tu as mal ? demanda Vera.

– Un peu, avoua Dunne en cherchant Lurvas des yeux. Le cheval se promenait autour d'eux comme si rien ne s'était passé.

Elle essaya de se relever encore une fois mais Vera la retint.

– Il faut que tu restes tranquille, tu peux avoir un traumatisme crânien, dit Vera en arrangeant sa veste comme un coussin pour Dunne.

Dunne se laissa aller et posa la tête dessus.

Elle resta assise pendant tout le reste du temps et se contenta de regarder Ella Frida qui faisait des tours de carrière avec Teri, virage après virage.

Frida montait si bien Teri que c'était un plaisir de les regarder.

Dunne se détendait et appréciait.

Mais personne n'avait rien dit de tout ça au papa de Dunne.

Dunne elle-même n'avait pas dit un mot.

Et Vera non plus. Elle n'osait même pas penser à ce qui aurait pu arriver à Dunne.

Qu'est-ce qu'elle aurait pu dire à Gianni ?

Elle ne pouvait rien dire, rien jusqu'à maintenant, jusqu'à ce qu'il soit rentré à la maison et qu'ils soient tous assis à table, en tout cas. Elle décida alors de lui raconter tout ce qui s'était passé.

Mais elle n'en eut pas le temps car on sonna soudain à la porte.

Qui pouvait bien leur rendre visite ?

– Dunne, va ouvrir ! demanda son papa.

Chapitre 15

Grand-mère, Grand-père et le cousin Svante se tenaient sur le pas de la porte.

– Nous passions juste pour voir comment allait ton papa, expliqua Grand-mère.

– Il est à l'intérieur.

Dunne indiqua d'un mouvement de tête le séjour d'où venaient les voix de son papa et de Vera.

– Il y a quelqu'un avec lui ? demanda Grand-mère.

– Oui…

Grand-mère et Grand-père entrèrent et jetèrent un coup d'œil dans le séjour.

Le visage de Grand-mère s'allongea.

Grand-père, en
revanche, fit un
grand sourire.
Et Svante demanda
ce qui sentait si bon.
– C'est Vera qui a
préparé du poulet
croustillant, dit papa.
Venez manger un
morceau !

Grand-mère
apporta des chaises
et Vera mit le
couvert pour trois
personnes
supplémentaires.

Puis papa découpa le poulet et remplit les assiettes de tout le monde.

Mais juste au moment où il déposait une aile de poulet dans celle de Dunne, elle retira son assiette sans prévenir…

… et l'aile de poulet finit sur la nappe.

Papa devint tout rouge.

– Ça ne va pas du tout, Dunne ! gronda-t-il.

Et Dunne explosa en sanglots.

– Ce n'est pas si grave ! dit Vera en ramassant l'aile de poulet. Je vais aller réchauffer un épi de maïs pour Dunne.

Dès que Vera eût disparu dans la cuisine, Grand-mère se lança.

– Que fait-*elle* ici, Gianni ? lui reprocha-t-elle. Tu ne comprends donc pas que parfois Dunne veut son papa pour elle toute seule ?

– Mais pas du tout, répondit papa. D'ailleurs, nous en avons parlé ce matin. N'est-ce pas, Dunne ? Tu es contente que Vera soit là ?

Dunne regarda fixement la nappe où une tache de graisse s'élargissait.

– Je ne crois pas que ça marche comme ça, fit observer Grand-mère, préoccupée.

– Comment est-ce que je pourrais être contente… renifla-t-elle.

– Oui, comment est-ce qu'elle pourrait être contente ? renchérit Grand-mère.

– Comment est-ce que je pourrais être contente, répéta Dunne, quand Ella Frida est malheureuse ?

– Ella Frida ? dit Grand-mère, surprise.

– Qu'est-ce qu'*elle* vient faire dans cette histoire ? demanda papa, tout aussi étonné.

Mais ils n'eurent aucune réponse.

Dunne les abandonna pour courir dans sa chambre et claqua la porte.

Chapitre 16

Neige et Flocon, les deux cochons d'Inde se pressèrent contre la porte de leur cage et commencèrent à pépier. Ce n'était vraiment pas le moment !

– N'ayez pas peur, dit Dunne en essayant de les rassurer. Elle les sortit de leur cage.

Elle fouilla ses poches à la recherche de quelque chose à leur donner, mais il n'y avait aucune graine de tournesol, juste un emballage vide de caramel japonais.

Et les colliers de l'amitié !

– Vous voulez peut-être savoir ce qu'il s'est passé au parc ? dit-elle. Vous êtes bien les seuls à vous intéresser à ce qui se passe dans ma vie !

Les cochons d'Inde dressèrent leurs oreilles.

Mais ils n'eurent rien à entendre. Car Dunne s'était tue et écoutait ce qui se disait dans le séjour.

On aurait dit un numéro entre son papa et sa grand-mère.

Dunne s'approcha sur la pointe des pieds de la porte et jeta un coup d'œil.

– Ella Frida, Ella Frida ! entendit-elle son papa crier. Je n'entends parler que de ça, d'Ella Frida !

– Ce n'est pas si étonnant, répondit Grand-mère d'une voix stridente, qui a-t-elle d'autre dans sa vie ? À part son grand-père et moi ? Et un papa qui se comporte comme le roi des imbéciles ?

– Gianni ne pense pas à mal ! dit Grand-père en essayant de la calmer. Il est juste un peu amoureux et fou-fou.

– Dunne m'a moi aussi ! dit le cousin Svante.

– Et des camarades de classe ! renchérit Grand-père.

– Quels camarades ? Tu ne penses quand même pas à ces deux pestes qui passent leur temps à se moquer d'elle ?

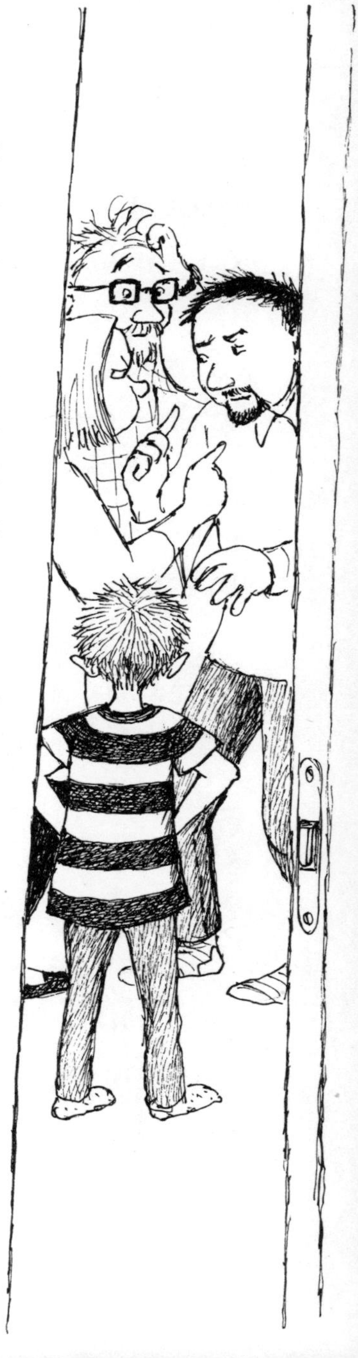

Dunne referma de nouveau la porte mais il ne se passa pas longtemps avant que Svante ne l'entrouvrît.

– Est-ce que je peux entrer ? Je voudrais juste savoir pourquoi Ella Frida est malheureuse.

– Parce que ses camarades de classe sont vraiment nuls ! dit Dunne. Et que sa maîtresse dit qu'elle est folle…

– Et elle n'est pas folle, en vrai ? demanda Svante.

– Vraiment pas ! Mais elle peut le devenir si quelqu'un lui fait quelque chose.

Svante ne comprenait rien, et il n'était d'ailleurs pas vraiment si intéressé qu'il en avait l'air. Il voulait seulement que Dunne sorte de sa chambre et les rejoigne dans le séjour.

– Et si on appelait le beau-père d'Ella Frida ? proposa-t-il en sortant son portable de sa poche. Uffe peut tout arranger. J'ai son numéro.

Dunne était bouche bée.

– Tu appelles le beau-père d'Ella Frida ?

– Ça arrive, reconnut Svante.

– Souvent ?

– Je l'ai fait deux ou trois fois, environ. On est copains.

– Vraiment ?

Depuis leur séjour sur l'île pendant les vacances d'été, Svante considérait aussi Uffe comme son beau-papa, mais ça, Dunne n'en savait rien.

Ça avait commencé quand Svante avait conduit le canot à moteur de Uffe et ça avait continué quand ils s'étaient promenés ensemble, à la nuit tombée. Peu après, Svante avait eu le numéro de téléphone de Uffe.

Il l'appela et commença à parler à haute voix.

– Salut Svante, entendit-on Uffe grésiller. Ça fait longtemps ! Tu n'as pas beaucoup appelé !

– Je sais, je n'avais plus de crédit.

– Quoi de neuf ?

– Dunne a rencontré Ella Frida au parc de Skansen et elle dit qu'elle est en train de devenir folle.

– Je sais… soupira Uffe. Elle est dans une mauvaise classe.

– Tu ne peux rien faire ? demanda Svante.

– J'ai essayé, répondit Uffe.

– Tu as parlé avec la maîtresse ? demanda Svante.

– Oui. À la fois moi et la maman d'Ella Frida, nous lui avons parlé. Plusieurs fois. Mais ça n'a servi à rien.

– Alors, il faut qu'elle change de classe, dit Svante. Ou d'école. C'est ce qu'il faut faire. Et ça ira mieux.

– C'est ce que tu penses ? C'est une idée.

Dunne hocha la tête, en signe d'approbation.

Mais tout ça allait prendre du temps. Est-ce qu'on ne pouvait pas trouver quelque chose d'autre pour aider Ella Frida plus rapidement ?

Soudain, elle eut une idée. Elle laissa Svante terminer sa conversation avec Uffe et se dépêcha de revenir dans le séjour.

Chapitre 17

À table, l'ambiance était tendue et Vera n'était plus là.

Où était-elle donc ?

Papa tendit la main vers Dunne.

– Viens t'asseoir avec moi ! la pria-t-il. Ça fait tellement longtemps que je n'ai pas eu ma petite fille sur les genoux !

Dunne se débattit mais il la retint.

– Grand-mère dit que c'est de ma faute si tu n'es pas heureuse !

– Lâche-moi ! le supplia Dunne en se libérant.

Elle disparut dans la cuisine où Vera était en train de faire la vaisselle.

Dunne alla directement au fait :

– Est-ce que tu ferais quelque chose pour moi, Vera ?

– De quoi s'agit-il ? demanda Vera, amèrement, en soulevant un plat pour le rincer.

– Est-ce que tu nous emmènerais encore une fois voir les chevaux islandais, avec Ella Frida ?

Pendant un instant, Vera sembla sur le point de lâcher son plat mais elle se reprit et le passa sous le jet d'eau du robinet.

– Tu veux vraiment remonter à cheval ? demanda-t-elle.

– Non, pas moi, expliqua Dunne, mais Ella Frida. Moi, je voudrais juste regarder.

Vera tourna le robinet et posa le plat devant elle.

– Oui, oui, dit-elle. Je comprends. Tu veux qu'Ella Frida soit heureuse ?

– Oui, juste ça…

– Et tu seras toi aussi heureuse ?

– Super-heureuse !

Vera réfléchit un instant.

– En fait, je dois aller voir ma sœur, samedi prochain.

Elle réfléchit encore un peu.

– Bon, c'est entendu, dit-elle finalement. On fait comme ça.

Dunne s'illumina. Et alors, elle la remercia.

– Merci ! dit-elle. Merci par avance, Vera ! Tu n'imagines pas ce que ça signifie pour moi.

Puis, elle aida Vera à essuyer tous les verres humides et à les ranger dans le buffet, avant de s'installer à la table de la cuisine et de commencer à manger l'épi de maïs que Vera avait réchauffé.

Chapitre 18

Ensuite, on passa au dessert : des coupes pleines de meringues arrosées d'une sauce chaude au chocolat.

– Je n'ai jamais su finalement comment ça s'était passé avec les chevaux islandais, demanda soudain papa.

– On doit y retourner bientôt, lui répondit Vera.

– Vraiment ? C'était si bien ?

– On se concentre sur le dessert, rappela Dunne. Et il en fut ainsi.

Puis Svante raconta les dernières devinettes qu'il avait apprises. La première fut la suivante :

– Qu'est-ce que tout le monde peut voir mais que personne ne peut toucher ?

– La fumée ? proposa Vera.

– Juste, dit Svante. La suivante : qui est à la fois soutien et sucré ?

– Dunne, tenta Grand-père.

– Faux ! dit Svante.

– La mûre, suggéra Vera.

– Juste ! La troisième devinette : qui a fait plusieurs fois le tour de la Terre ?

À ce moment, ils furent encore interrompus par le papa de Dunne, qui voulait

savoir s'ils avaient eux aussi trouvé que le poulet était très bon.

– Oui, certes, admit Grand-mère en commençant à feuilleter l'un des journaux italiens de papa qui traînait sur la table basse.

Elle était en train d'apprendre l'italien pour voyager avec Dunne à Rome et rencontrer son autre grand-mère et ses cousins.

– Le poulet était exquis ! dit Grand-père en s'asseyant dans le fauteuil pour regarder les infos à la télévision.

– En tout cas, l'épi de maïs était super-bon ! dit Dunne. Le meilleur épi de maïs de toute ma vie.

– Qui a fait plusieurs fois le tour de la Terre ? répéta Svante avec impatience.

– La Lune, répondit Vera.

– Encore juste ! cria Svante. Vera a eu tout bon !

– Super-Vera, s'écria le papa de Dunne.

Le papa de Dunne ne savait pas que Vera avait lu les devinettes et leurs réponses au dos du même emballage de lait que Svante.

Il pensait que Vera était vraiment tellement intelligente !

Chapitre 19

Un peu plus tard, tous les invités rentrèrent chez eux, ainsi que Vera. Et Dunne resta finalement seule avec son papa.

– Tout est bien qui finit bien, dit-il. Ne crois-tu pas, Dunne ?

– Quoi ? demanda Dunne qui regarder briller les bougies sur la table.

– Avec Vera.

– Ah, dit Dunne. Je croyais que tu parlais de l'épi de maïs.

– Tu n'es pas d'accord avec moi ? demanda son papa.

– Oui, certes, reconnut Dunne, en reprenant les mots exacts de sa grand-mère.

Son papa s'enfonça dans le silence.

Pendant un long moment, on n'entendit plus que le son de la radio qui venait de la cuisine et parlait toute seule.

Puis soudain, Dunne dit :

– Et maman ?

Son papa s'anima.

– Est-ce que tu l'oublies ? demanda Dunne.

– Comment pourrais-je l'oublier ?

– Mais tu apprécies Vera ?

– Oui, vraiment. Beaucoup.

Il se leva et Dunne vit qu'il avait les larmes aux yeux. C'était toujours ainsi quand on parlait de la maman de Dunne, bien qu'elle soit morte depuis presque cinq ans, maintenant.

En boitant, il quitta la pièce et Dunne alla s'asseoir dans le canapé où le chat l'attendait.

– Comment pourrais-je seulement oublier Ella Frida, dit-elle en lui caressant le dos.

Le chat la regarda, plein de reconnaissance.

– Mais je t'apprécie toi aussi ! s'écria-t-elle. Vraiment beaucoup.

Elle s'allongea dans le canapé et commença à penser à un petit poème pour Ella Frida.

Elle fait ça, de temps en temps, elle

pense à de petits poèmes qui s'envolent comme des fusées dans le ciel.

Ella Frida ! Ella Frida ! Tu es ma rose !
Si tu n'es pas malheureuse,
je suis heureuse.
Mais si tu es malheureuse,
je suis réduite en mille morceaux.

Elle s'arrêta.

Le poème n'avait pas de rime mais il lui plaisait quand même parce qu'il était tellement vrai.

Elle allait poursuivre quand le téléphone sonna. C'était Ella Frida qui était rentrée à Norrköping et qui voulait lui parler. Mais on avait du mal à comprendre ce qu'elle disait parce qu'elle pleurait à faire peur.

– Je vou… voulais juste te dire quel… quelque chose dans le bus, sanglota-t-elle. Que… quelqu'un a déterré notre trésor !

Dunne s'assit sur la chaise qui était à côté du téléphone et se mit à rire.

– Je le savais !

Les reniflements cessèrent aussitôt.

– Comment peux-tu le savoir ?

– C'était moi !

Il fallut plusieurs secondes avant qu'Ella Frida ne comprenne.

Elle chercha de l'air – et ce fut comme lorsque le soleil réapparaît après la pluie.

– Bien joué, dit-elle en se mouchant

si fort que le combiné recula. Quand est-ce que tu as dit qu'on se voyait ?

Cette fois, Dunne savait précisément ce qu'elle devait répondre.

– Samedi. Vera va nous emmener une nouvelle fois voir les chevaux islandais.

Ella Frida hennit de plaisir.

– Jusqu'à aujourd'hui, je n'ai jamais été comme les autres.

– Tu veux dire avec ta classe ?

– Avec tout. Rien que lorsque je t'ai rencontrée ! Merci Dunne. Tu m'as sauvé la vie !

– Ce n'était pas grand-chose, dit Dunne.

– B'nuit, B'nuit !

– B'nuit, dit Dunne en souriant de bonheur.

Chapitre 20

Elle continua à sourire en se déshabillant, en se lavant, en mettant son pyjama et finalement en se couchant dans son joli lit.

– Ce n'était pas si grave que Vera soit là, aujourd'hui, dit-elle à son papa quand il vint lui souhaiter bonne nuit. Je te pardonne. Pour cette fois.

– Merci, Dunne, dit papa en recouvrant la cage des cochons d'Inde de leur drap de nuit.

Soudain, il se souvint :

– Comment c'était, au parc de Skansen ? demanda-t-il.

– Bien, dit Dunne. J'ai rencontré Ella Frida.

Papa se redressa d'un coup.

– Ella Frida et encore Ella Frida ! Combien d'enfants y a-t-il dans ta classe, en fait ?

– Vingt-deux, dit Dunne. Pourquoi ?

– Tu pourrais facilement trouver un autre camarade avec qui passer du temps, non ?

– Oui, je pourrais, bâilla Dunne. Mais il n'y a pas de meilleure amie au monde.

– Mais Dunne, ne comprends-tu pas ? Les enfants ne peuvent pas se voir aussi souvent quand ils habitent aussi loin l'un de l'autre que toi et Ella Frida.

Son téléphone portable sonna.

– Attends un instant, dit-il en allant dans le séjour.

Dunne allongea le bras et souleva un peu le drap sur la cage des cochons d'Inde.

– Vous avez entendu ? chuchota-t-elle. Ils veulent encore nous séparer, moi et Ella Frida ! Encore, encore et encore ! Mais ils n'y arriveront pas, on se verra de toute façon !

Les cochons d'Inde la dévisagèrent d'un air compréhensif.

– Si seulement on savait à quel point on est heureux quand on est heureux, dit Dunne.

Les cochons d'Inde se regardèrent sans comprendre. De quoi parlait-elle, maintenant ?

Les cochons d'Inde savent *toujours* à quel point ils sont heureux quand ils sont heureux. On le voit à leurs yeux qui brillent.

– B'nuit à vous aussi ! dit Dunne en se recouchant comme il faut et entendant le retour de papa.

Pourquoi parlait-il aussi longtemps ?

– C'était Vera, dit-il quand il fut enfin

de retour. Elle pense que je me suis comporté comme un idiot avec toi, aujourd'hui.

Dunne ferma les yeux.

Fallait-il qu'il parle de ça ? Elle lui avait déjà pardonné.

Mais son papa continua. Il était trop bouleversé.

– Ce n'était pas mon intention. Je ne voudrais jamais te faire de la peine, Dunne ! Tu comprends ça, n'est-ce pas !

Il la regarda, implorant, mais Dunne ne l'écoutait pas. La journée avait été longue et elle voulait juste dormir.

Quand il s'en rendit compte, il s'arrêta d'un coup.

– Amore, dit-il, à moitié pour lui-même. Je ne comprends pas ce qui m'a pris.

– Laisse tomber ! dit Dunne en se roulant dans son lit, juste comme le chat venait de le faire.

Papa éteignit la lumière et sortit doucement de la chambre.

– Bonne nuit, Ella Frida, murmura Dunne en direction de Norrköping. Enfin, on va dormir. On se verra quand on se verra. Non, je veux dire : on se verra samedi !

Elle réfléchit.

– Jusque-là, moi aussi, je ne suis pas comme les autres, ajouta-t-elle. De toute façon.

Puis, elle s'endormit.